Mahsurlar

Translated from the Original English version of

Stranded

Shruti S Agarwal

Ukiyoto Publishing

Tüm küresel yayın hakları

Ukiyoto Publishing

Yayınlandığı yer 2023

İçerik Telif Hakkı © Shruti S Agarwal

ISBN 9789360167608

Tüm hakları saklıdır.
Bu yayının hiçbir bölümü, yayıncının önceden izni alınmaksızın elektronik, mekanik, fotokopi, kayıt veya başka herhangi bir yolla çoğaltılamaz, iletilemez veya bir erişim sisteminde saklanamaz.

Yazarın manevi hakları ileri sürülmüştür.

Bu kitap, yayıncının önceden izni olmaksızın, yayınlandığı cilt veya kapak dışında herhangi bir şekilde ödünç verilmemesi, yeniden satılmaması, kiralanmaması veya başka bir şekilde dağıtılmaması koşuluyla satılmaktadır.

www.ukiyoto.com

Contents

Koridor 1
Fantastik Dörtlü 5
Poposunda ejderha dövmesi olan kız 11
Daire no. 1301 17
Veda 26

Koridor

12.32 am

"Işık yok, hareket yok, hiçbir şey yok- "Ding!" dedi asansör kat koridoruna ulaştığında. Asansörün ışığı koridora yayılır ve çıkardığı sesler kattaki donukluğu yok eder. Abhi asansörün kapısından çıkar ve onun girişi kata canlılık getirir. Koridorun sonundaki dairesine doğru yürümeye başladığında asansör kapısı arkasından otomatik olarak kapanır ve katta kalan tüm ışığı alır. Ve Abhi koridorun sonuna ulaşıp daire kapısının kilidini açıp içeri girdiğinde varlığını hissettirerek katın canını alır. Kapı küçük bir patlama gibi gürültüyle kapanır ve her şey yeniden sessizlikle sonuçlanır.

5.32 am

Koridor 5 saat boyunca aynı durumda kalır ve sonunda yavaş yavaş mavileşen ufuk görünür. Yükselme öncesi güneş ışığı nedeniyle gökyüzü daha görünür hale gelirken, katta Abhi'ninkine benzer 5 kapı daha olduğu görülür, her iki tarafta 5'er tane. 1305 numaralı daire açılır ve içinden orta yaşlı bir çift giyinmiş olarak çıkar ve asansöre biner.

Mahsurlar

5.34 am

2 dakika sonra 1306 numaralı daire açılır ve 20 yaşlarında bir kız kulaklıkları, spor ayakkabıları ve şortuyla asansöre binmek için dışarı çıkar. Asansörden çıkan sütçü tarafından karşılanır ve asansörde yürürken arkasını kollar. Sütçü süt paketlerini 6 kapıya da bırakırken, gazeteci ikinci asansörden içeri girer ve düzgünce katlanmış gazeteleri dairelerden ikisinin altından içeri kaydırır ve asansördeki sütçüyle birlikte geri yürür.

5.59 am

25 dakika sonra yükselen güneş ışınlarıyla zemin tamamen aydınlanır ve yollardan gelen araba sesleri günün arka plan gürültüsünü belirler. Yaşlı bir adam 1305 numaralı daireden çıkar ve koridorun karşısındaki dairenin zilini çalarak eski dostunu çağırır. Kapı açılır ve iki yaşlı adam birbirlerini kahkahalarla selamlayarak asansöre binerler.

6.34 am

1303 ve 1304 numaralı daireler 35 dakika sonra bir grup çocuğun asansöre koşmasıyla açılır. İşe gitmek için giyinmiş babaları ellerinde çocuk çantalarıyla teker teker dairelerden çıkarken, çocukların her biri kazandığını iddia ediyor. Asansöre bindikten hemen sonra. 1305 numaralı daire açılıyor ve bir kadın kızıyla birlikte kapıdan çıkıp asansöre doğru koşuyor.

Çocuğunu okula bırakıp işe gidebilmek için asansörün gelmesini beklerken kol saatine bakmaya devam ediyor.

8.33 am

2 saat sonra bir kapı hariç kapılardaki tüm sütler kaybolmuştur. Bir süpürgeci yerleri temizlerken görülüyor. 20 yaşlarında iki kız 1306 numaralı daireden çıkıyor ve işe gitmek için süpürgecinin yanından asansöre doğru yürüyor.

10.27 am

Yine 2 saat sonra 1301 numaralı dairenin kapısı nihayet açılır ve Abhi hala uykuluyken süt almak için dışarı çıkar.

10.58 am

30 dakika sonra Abhi evrak çantasıyla kapıdan çıkar ve birkaç çöp torbasını yerdeki çöp kutusuna bırakır. Daire no. 1303'ün kapısının yarı açık olduğunu ve önünde bir *rangoli* deseni olduğunu fark eder. Kapı hızla kapanır. Daha sonra yürüme hızını artırır ve asansöre girer.

11.58 pm

Sonraki 13 saat boyunca koridor, asansör ve kapılar arasında hareket eden sakinleri ve teslimatçıları, oynayan çocukları, bir katın etrafındaki bekçileri, güneş ışığının ve seslerin kaybolmasını ve hayalet gibi sessizliğin ve karanlığın içeri akmasını deneyimledi.

12.32 am

3 genç asansörden çıkar, parmak uçlarında Daire 1301'e doğru ilerler ve 2 dakika boyunca sık sık kapı zilini çalarlar. Zili çaldıktan sonra birbirlerinin yüzlerine bakmaya devam ederler. İçlerinden biri telefonla Abhi'yi arar, o da asansör kapısından çıkarken bir telefon görüşmesi yapmaktadır. Birbirlerine sarılarak ve gülümseyerek selam verirler ve kapıdan içeri girerler.

Fantastik Dörtlü

Ali, Prachi ve Uday, Abhi'nin oturma odasındaki dağınıklığın etrafında oturmak için yer açarlar. "Saçının nesi var?" Ali ve Prachi ona gülerken Abhi, Uday'ın kafasındaki 'tüylü sivri uçları' fark edince meraklanır. "Kaskı unutmuşum ve yolda rüzgârın azizliğine uğradım." Abhi Uday'ın cevabı üzerine başını sallar ve viski bardaklarını yıkamak ve almak için mutfağa gider.

"Oha! Whoa! 'Yaşlı Keşiş'in bizde olduğunu nereden bildin?" Ali bardakları alırken Abhi'ye sorar. "Şey, siz burada takılmaya başlayalı bir aydan fazla oldu. Bugün Cumartesi gecesi .... O yüzden kafayı bulup burada takılmak isteyebilirsiniz... ve tıpkı geçen Cumartesi olduğu gibi-....... bir dakika, 'Yaşlı keşiş' mi dedin? Bir kez olsun üniversiteli olmayı bırakacak mısınız? Hayır, teşekkür ederim.... Ben 'Öğretmenlerime' sadık kalacağım."

Abhi mutfaktan viskisini alır ve kimseye ikram etmeden kendi bardağını doldurur. Abhi ilk içkisini yudumlarken Ali, Prachi ve Uday birbirlerine bakarlar. "Vay canına! Bu tam bir baş belasıydı. Bizim 'Şerefe' dememizi bile beklemedin." Ali kalan üç bardağa rom doldurmaya başlarken Prachi Abhi hakkında yorum yapar.

"*Gurumuza* ve menajerime", Uday Abhi için kadeh kaldırır. "Duyduk, duyduk!" Herkes kadehini kaldırır ve ilk içkisini alır. Ali der ki, "Uday'a hakkını vermeliyim. Patronuyla ve en iyi arkadaşlarıyla içki içmek gerçekten çok cesurca, sanki çok önemli bir şey değilmiş gibi." Prachi, "Abhi bizim yaşımızın iki katı olabilir ama 50 yaşındaki birine göre oldukça sportmen" diye ekler. "53 yaşında" Abhi Prachi'yi düzeltir.

"Aynen öyle! Senin bu yönünü takdir ediyoruz. Sen başına buyruk birisin. Yaşınızla gurur duyuyorsunuz. Hiç evlenmedin ve insanların arkandan konuştuğu onca yaygara umurunda bile değil." Uday diyor ki. "Ne yaygarası? Ne yaygarası?" Prachi sorar. Uday hafif bir tereddütle cevap verir ama kolaylıkla konuya girer: "İşine olan bağlılığını öven pek çok meslektaşı var. Ama yine de aynı fikirde olmayanlar da var."

"Ne olmuş yani? Dünya ahmaklarla dolu. Bahse girerim yan komşumuzda da en az bir tane vardır." der Prachi. Abhi gülümseyerek cevap verir ve "Sahip olduğum tek şey çalışmak. Yaşlı bir adam da hayatta kalmak zorunda." "Kim o?" Uday yüzünde bir sırıtışla koridorun karşısındaki pencereye bakarken sorar. Ali ve Prachi de ona katılırken Abhi hiç kıpırdamaz ve "Eğer o yeni saç modeli ve siyah ruju varsa, onu unut gitsin." diye cevap verir.

"Evet ama neden?" Uday "O benim ligimin dışında ya da öyle bir şey" diye sorar. Abhi açıklar "Evet o da var ve inanıyorum ki iş gibi sen de ona tamamen bağlanacaksın ve bu senin için sorun olmayabilir ama onun dört erkek arkadaşı ya da kendi deyimiyle 'fuck buddy'si var." "Ah... Bu beni gururlandırıyor... ve üzüyor. Ama bütün bunları nereden biliyorsun.... sen de onun erkek arkadaşlarından biri misin...?" Uday soruyor.

"Öyleydi. O burada yaşıyordu. Benim kendi ihtiyaçlarım vardı, onun da kendi ihtiyaçları vardı. Şimdi sadece komşuyuz ve arkadaşız. Şimdi eğlendiği için mutluyum." Abhi cevap verir. "Bu nasıl eğlence? Birden fazla erkekle anlamsız seks. Bir tanesi yaşlıydı... alınma Abhi (Abhi gülümser ve kadehini kaldırır) .... bu çok ucuz, ailesi ne olacak, toplum üyeleri onun burada yaşamasına nasıl izin veriyor. Kendini kadın Casanova, Charlie Harpress ya da playgirl mu sanıyor? Bacaklarını bile açmış oturuyor... Ne orospu ama!" Ali cevap verir.

Abhi merakla araya girer "Pekala, ona küfür etmeye başlamadan önce, seni orada durdurmama izin ver. Y kuşağının birini tanımadan yargılamayacak kadar ilerici olduğunu sanıyordum." Uday Abhi'ye dönerek, "Evet dostum... tıpkı şu internet yorumları gibi konuşuyorsun." "Peki ya yattığı o adamlar? Onlar onu tanıyor mu?" Prachi Abhi'ye sorar.

Abhi cevap verir "Bilmiyorum ama eğer biliyorlarsa eminim onlar da sadece biraz aksiyon içindedirler. Ama benim gibi bir insana hayranlık duymana rağmen Tammy'nin yanlış olduğunu düşünmene şaşırdım." Prachi tekrar sorar "Senin gibi birinden bahsetmişken, sen neden bu kadar farklısın?" "Hadi ama Prachi, bu soruya asla cevap vermediğini biliyorsun. Sürekli kaçıyor. Nedenini asla öğrenemeyeceğiz." Ali Abhi için cevap verirken Abhi bir kadeh rom içer.

"Pizza isteyen var mı?" Abhi sorar, herkes evet diye cevap verir. Abhi telefonundan 2 büyük pizza sipariş eder. "Tamam. Doğrudan konuya girelim. Hiç evlenmediğin için pişman oldun mu?" Prachi Abhi'ye tekrar sorar. Abhi herkesin yüzündeki merakı fark eder ve derin bir nefes aldıktan sonra cevap verir "Dürüst olmak gerekirse, bazen berbat oluyor. Ama yine de biriyle evlenmenin o kadar da çok şeyi değiştirmeyeceğine inanıyorum. Yani eninde sonunda tam anlamıyla tatmin olmayacaksan neden sadece kendine odaklanarak bunu yapmayasın ki?"

Uday Abhi'nin sözünü keser "Ama bunu açıkça boşanma istatistiklerine dayandırıyorsun. Ama yine de bazı mutlu evlilik vakaları var. Demek istediğim.... kesinlikle bir yerlerde olacağını bilmiyorum. Orada.... Bilirsin... Evet... bizim ailemiz gibi." Prachi ve Ali ikinci Uday. Abhi sırıtarak devam eder "Evet... bu benim kuşağım... uzlaşma, kendini beğenmişlik ve geleneklerin bayrak taşıyıcıları. Belki de daha fazla sorumluluk yüklenmek onları rahatsız etmiyordu."

Ali diyor ki "Ama seni sürüden ayıran neydi.... Boş ver zaten buna cevap vermeyeceksin." Abhi "Bazen öncelikler vardır ya da hayatınızı kontrol altına alma isteği ya da kalp kırıklıkları ve hatta her zaman hazırlıksız olma hissi." "Belirsiz bir cevap... ama daha iyi. En azından tamamen görmezden gelmedin" diye karşılık veriyor Ali.

"Peki ya siz iki aşk kuşu .... Ailenizle henüz konuşmadınız mı?" Abhi, Ali ve Prachi'ye sorar. Prachi "Karar vermek için çok erken. Sadece bir yıldır çıkıyoruz ve şu hazırlıksız yakalanma meselesi var ya, henüz bunun olmasını istemiyorum." Ali hafif bir hayal kırıklığıyla başını sallar ve Abhi "Gelecekte ne olursa olsun, evlilik konusunda ne kadar bulanık olmadığınızı bilmeniz iyi bir şey. Ayrıca, lütfen benim evlenmeyi seçmemiş olmamın bunun yanlış olduğu anlamına gelmediğini düşünme. Yoksa çok şey kaybedersiniz."

Kapı zili çalar. Uday "Bu Pizza olmalı. Ben alırım." "Teşekkürler beta. Ben gidip ilaçlarımı alacağım." Abhi cevap verir ve diğerleri şaşkınlık içinde birbirlerinin yüzlerine bakarken odadan çıkar. Uday "Bu da neydi!" der ve kapıyı açar. Ali kapıyı tutarken Tammy'nin kapıdan çıktığını fark eder. Tammy teslimatçıyla birlikte asansöre girmeden önce kısa bir göz teması kurarlar ve Abhi kapıyı kapatır.

Uday kızarmış bir yüzle "O biraz seksi!" der. Prachi "Abhi'yi duydun, senin tipin değil." der. "O ne bilir ki? Belki de onun hakkında hala güvensizdir" der Ali. Birkaç saat sonra herkes oturma odasında uyuyor. Uday, bitmemiş pizzanın son dilimi yavaşça ellerinden pizza kutusuna doğru kayarken fasulye torbasının üzerinde horlayarak yatmaktadır. Ali ve Prachi kanepede kucak kucağa uyumaktadır. Abhi yatak odasına gidip çarşaf getirir ve Uday, Ali ve Prachi'nin üzerine serer. Daha sonra yerde yatan Uday'ın telefonuna bakar.

Birkaç saat sonra Prachi gözlerini açar ve Ali'yi uyandırır ancak Ali hareket etmez. Daha sonra Uday'ı uyandırır ve işemek için tuvalete giderken Ali'yi uyandırmasını ister. Uday Ali'nin vücudunu sertçe sallar ve "Ali iyi misin? Hadi gidelim. Prachi'yi bırakmalısın." der. Ali tembel bir mırıldanma sesi çıkarır ve başının ağrıdığını söyler. Birkaç dakika sonra Abhi odasından çıkar ve Uday ile Prachi'yi Ali'yi koltuktan kaldırmak için mücadele ederken bulur.

"Kalk Ali lütfen." Prachi rica eder. Ali yavaşça cevap verir, "Hayır... Hayır lütfen... Ben yatay bir yaratığım. Bu benim gerçek varlığım." "Ona biraz hap ve kahve getireceğim. Ve belki de bolca su." der Abhi mutfağa gider ve diğerlerine odada olduğunu bildirirken herkesin bunu bilmesini sağlar. Abhi mutfak penceresinden Uday'ın telefonunu tekrar fark eder ve sonra Uday'a bakar.

Birkaç dakika sonra, herkes sessizce fincanlarındaki sıcak kahveden küçük yudumlar alırken, Uday dün gece olduğu gibi aynı dul pencereden dışarı bakar, burada Tammy'nin başka bir yere doğru yürüdüğü görülür. Aniden konuşur, "Şu kıça bakar mısın?" Ali "Nerede...Nerede?" der ve Abhi "Çok gördüm. Birinde ejderha dövmesi var" der ve göz kırpar. Prachi daha sonra "Siz hastasınız ve belli ki akşamdan kalmasınız. Şimdi buradan defolup gideceğiz." der.

Poposunda ejderha dövmesi olan kız

Uday, Prachi ve Ali Abhi'nin evinden çıkmak için asansöre bindiklerinde, onları telefonuna bakan uzun boylu, kaslı ve sakallı bir adam karşılar. Adam 1306 numaralı daireye doğru yürürken kapıyı arkasından kapatırlar. Kapı zilini çalmaya çalışmadan önce Abhi'nin onunla kısa bir göz teması kurarken kapısını kapattığını fark eder. Adam usulca "Orospu çocuğu" diye mırıldanır.

Kapının zilini çalar ve onu el çantasıyla birlikte dışarı çıkmak üzere giyinmiş olan Tammy karşılar. Asansöre doğru yürürlerken "Ne zaman taşınmayı planlıyorsun? O pisliğin hâlâ kapının önünde olduğuna inanamıyorum." Tammy cevap vermeden yürümeye devam eder ve asansöre girer. Adam onun ardından girer ve zemin katın kapısını kapatır.

Asansörün tavanında kamera olmadığını görünce onu öpmeye çalışır ama Tammy eliyle yüzünü geri iter ve suratını asmaz. "Neyin var senin? Bana Abhi'den bahseden sendin ve ben hala umursamıyorum. Gel buraya." Adam ona söyler ama o hareket etmez. "Dün gece onunla yattın mı, yatmadın mı?" Adam sorduktan sonra Tammy sade yüzünü adama doğru çevirir. Zemin kata indikten sonra asansörden çıkarlar.

Mahsurlar

Adamın arabasına binerler ve giderler. Adam devam eder "Sana bir soru sordum...... seninle konuşuyorum.... Merhaba.... Tammy..." "Ekspres otoyol... şimdi" Tammy aniden cevap verir, sakız çiğnemeye başlar ve göz kırpar. Birkaç dakika sonra arabaları otoyolun yakınındaki bir ormanda park halindeyken arka koltukta seks yaparlar. Orgazm olduktan sonra adam prezervatifini atar ve Tammy külotunu yukarı çekerken sol popo yanağındaki ejderha dövmesini fark eder.

"Onunla çıkarken kıçının 'Targeryan' olduğuna inanıyorum. Gerçekten de harika bir dövme zevki var." diyor. Tammy, "Ayrıca son zamanlarda çok vaaz vermeye başladı. Sanki nihai liberal akıl yürütme bilgeliğinin sesiymiş gibi." Sigara içmeye başlarlar ve Tammy arabadan iner. "Onunla evlenmek istiyordun, değil mi?" diye sorar. Tammy başını sallar ve güneşe doğru bakar. Güneş ışınları gözlerinde parlak bir leke oluşturarak gözyaşlarının ipuçlarını ortaya çıkarır.

Bir anlık sessizlikten sonra adam arabasını çalıştırır, yola doğru döner, Tammy'nin el çantasını yere atar ve "Bu hala lanet soruma cevap vermediğin için" der. Tammy'nin sersemlemiş bir halde botunu çıkarıp adama doğru fırlattığını ama hızla gelen arabaya yetişemediğini geride bırakarak uzaklaşır. Adamı ters çevirir ve el çantasını alır. Yola ulaştığında, etrafta bir araç ararken bir telefon görüşmesi yapar.

40 dakika sonra, yürümekten yorulmuş gibi görünürken başka bir adam bisikletini yanına çekiyor ve "Batman imdadına yetişti. Buraya nasıl geldin?"

"Uzun hikaye... önemli değil. Hadi gidelim."

"Ama nereye?"

"Nereye istersen. Şaşırt beni."

Adamın kafası karışır ve sonunda onu takıldığı bir bara götürür. "Güzel. Beni eve götüreceğinden endişeleniyordum." Tammy bara girdiğinde şöyle der. Adam onun için sandalyeyi çeker ama o kanepeye atlar. "Tamam, sandalyeyi ben alacağım Bayan Robinson." Tammy bu yorum üzerine sorgulayıcı bir yüz ifadesi takınır. "Oh. Bu tamamen yanlış bir referanstı. Siz baştan çıkarıcı Jessica Rabbit'siniz." "Kim olduğunu bilmiyorum ama ben alacağım." Tammy ona aylardır ilk kez gülümsediğini fark ederek gülümser.

Garson sipariş için gelir. Tammy "4 Sierra Tequila ve dondurmalı brownie alacağım." der. "Ben de onun aldığından alacağım." Adam Tammy'nin ardından çapkın bir yüz ifadesiyle sipariş verir. Garson gittikten sonra Tammy sigara içmeye başlar ve içtiği sigaranın buharı adamın yüzüne vurur, adam hafif bir öksürükle "Bana da ver biraz" der.

"Senin için değil."

"Sen benden sadece 3 yaş büyüksün, annem değil. Şimdi onu bana ver. *Amca ki Teyze.*"

Tammy ona sigarayı uzatır ve "Bana bir daha öyle deme" der. Adam sigaradan birkaç nefes çeker, kadına geri verir ve şöyle der. "Tamam o zaman. Ama neden amcamın evinin tam karşısına taşındınız?" "Yüzüne vurmak istedim. Hâlâ bu konudaki dürüst tepkisini bekliyorum. Meğer düşündüğümden daha zormuş. Bu

konu hakkında daha fazla konuşmak istemiyorum."
Tammy cevap verir.

Birkaç dakika sonra adam tuvalete gider ve Tammy siparişleri arkasından gelirken yemeğe başlar. Tammy'nin telefonunda Abhi'den bir mesaj belirir ancak görmezden gelir. Adam masaya geri döner ve nispeten rahat bir şekilde oturur. "Bu çok daha iyi. Bu brownie cennet gibi kokuyor. Bu akşam sinemaya gitmeye ne dersin? Yeni Star Wars filmi vizyona girdi." Adam ona çıkma teklif eder. Tammy suratını asmadan evet diye cevap verir.

Adam bir sonraki gösteri için bilet ayırtıyor. İçkiler geldiğinde ikisi de aynı anda tüm shot bardaklarını devirir ve birlikte bitirirler. "Sen tek kelimeyle harikasın dostum!!" Adam daha heyecanlı bir ses tonuyla bağırır. "Evet, 'ahbap işleri' denen şeyleri yapmaya devam ediyorum.... Kanka şeyleri.... Duuuuude thiiiiings. Bunun için ondan nefret ediyorum..." Tammy'den bu sözleri duyan adam onun çoktan sarhoş olduğunu fark eder.

Onun bu haliyle dürüst cevaplar bulmayı umarak sorar: "Sence bu düşündüğümüzden daha uzun sürebilir mi? 4-5 yıl gibi. Belki bir ömür boyu. Biliyorum, acele ediyormuşum gibi gelebilir. Ama birlikte yaşayalım mı? Bu yüzü her zaman görmeyi seviyorum ve bu dövmeyi de. Bence harika bir takım oluruz. Yani hayır dersen anlarım ama lütfen bana bir cevap ver." Tammy sorusu sırasında bitmiş brownie tabağına baktıktan sonra ona bakar ve "Neden incinmek istiyorsun. Gördüğüm insanlar arasında muhtemelen en tatlısı sensin ve bunu sana yapmak istemiyorum" der ve Abhi'den gelen birden fazla okunmamış mesajı fark ettiği telefonuna bakmaya başlar.

Abhi'nin sözlerini tam olarak analiz etmeden, onun hayır demesi karşısında büyük bir üzüntü duyar. Sonunda, kısa bir sessizlik anından sonra asık bir surat ve bastırılmış bir ses tonuyla "Seni dışarıda bekliyorum" der ve restorandan hışımla çıkar. Onun üzgün tavrını fark eden kadın hemen hesabı isteyip tuvalete gider. Kusmak için parmağını boğazına götürür. Tenceredeki her şeyi kusar. Daha sonra temizlenir ve Abhi'nin mesajıyla karşılaşır:

Hey

Muhtemelen burada değilsiniz ama sizi biraz görmek istiyorum.

Bilmeni istediğim bir şey var.

Tammy cevaplıyor - Bir saat içinde orada olacağım

Masadaki hesabı öder ve adamla olan film randevusunu iptal etmek için dışarı çıkar. Park alanına doğru yürür ve onu hala gözle görülür bir şekilde üzgün bulur. Kalbi kırık bir şekilde ona acil bir işi olduğu için gelemeyeceğini söyler. "Vay canına. Belli ki güç benimle değil. Belki bir dahaki sefere o zaman. Kuzenimin müsait olup olmadığını kontrol edeceğim ve seni evine bırakacağım." Adam büyük bir hayal kırıklığıyla cevap verir. Tammy "Evet. Bu harika olur. Çok teşekkür ederim."

Tammy'nin evine giderken ikisi de konuşmadı. Birden adam kenara çeker ve Tammy'den aşağı inmesini ister. Tam önünde durur ve "Başka biriyle çıktığını söylemiş miydin?" diye sorar.

"Hayır mı? Ne zaman?"

"Beni filmden kurtardığın için üzgün bile değilsin. Aklın başında değil."

"Ben iyiyim."

"Oh, öyle mi? O barda çıktığın insanlar arasında en tatlısı olduğumu söylememiş miydin? Bu ne anlama geliyor?"

"Hayır. 'Çıktığım insanlar arasında' demiş olmalıyım. Hayır... Yani... 'ÇIKTIĞIM' demek istedim."

"Saçmalık! Bu, durup dururken neden şehrin dışındaki otoyolun ortasında tek başına kaldığını açıklıyor. Belki de benim sözde 'romantik rakibim' de seni bulmuştur."

"Bak, bence başka bir şey için üzgünsün ama bunun benim o otoyolda olmamla hiçbir ilgisi yok."

"Senin de benim küçük erkek arkadaşımın hayatının da canı cehenneme. Hayır... Yani SİKTİR GİT."

"Hayır, teşekkür ederim. Bugün zaten birini becerdim."

"Neden o fahişe adasındaki evine geri dönmüyorsun?" Adam Tammy'yle hararetli sohbeti bırakıp onu yolda tek başına bırakıyor ve orta parmağını havaya kaldırarak bisikletiyle hızla uzaklaşıyor." Tammy adamı tersler ve kendi kendine "En azından buradan bir taksi bulabilirim" der ve etrafta bir taksi arar.

Daire no. 1301

12 Ocak 1994

Çok daha genç bir Abhi, inşaatı tamamlanmamış bir apartmanın yarı inşa edilmiş düzlük alanında dolaşmaktadır. Orada hissettiği her şey hakkında olumlu düşünmektedir. Alan, hava esintisi, duvarlar. Komisyoncu iç odadan çıkar ve "Sakıncası yoksa efendim, yarın ofisimde anlaşma doğrulaması yapmak istiyorsanız lütfen bugün bana bildirin" der.

Abhi "Olmuş bilin. Ben alacağım." "Harika haber. Yarın sözleşmeyi doğrulama için götürebilirsiniz ve lütfen avans tutarını getirin. Kayıt işlemlerinde de size yardımcı olacağım. Yıl sonuna kadar anahtarı alacaksınız." Komisyoncu onu tebrik eder ve ayrılır. Abhi cüzdanını açar ve bir süredir içinde olan kızların fotoğrafını yırtar.

2 Aralık 1994

Abhi'nin dairesi iyi döşenmiştir ve içeride eşyalarını yerleştirmiştir. İş arkadaşlarından birinin telefon numarasını öğrenmek için telefonunun yanındaki rehberi açar. Kapısının zili ilk kez çalınır ve heyecanla kapıya koşar. Kapıyı kendisinden çok daha yaşlı görünen bir grup yabancıya açar "Merhaba! Yardımcı olabilir miyim?" İçlerinden biri gülümseyerek cevap verir: "Biz de size yardımcı olabilir miyiz diye merak ediyorduk. Biz sizin komşularınızız."

Abhi tepki veremeden içeri girmeye başlarlar. "Lütfen şu sandalyeleri alın. Henüz bir koltuk takımı ve bir televizyon almadım." Abhi henüz misafir ağırlayamadığını ifade eder. İçlerinden biri "Daire sahibi olmak için çok gençsin. Bunu sana ailen mi verdi?" der. Abhi kızarır ve "Ailem tüm paramı buraya harcadığımı öğrenince çok kızdı. MBA'den sonra 2 yıldır çalışıyorum. Bu yüzden şimdilik hiç birikimim kalmadı."

"MBA! Çok iyi! Ne parlak bir genç adam! Neden şimdi evlenmiyorsun?" İçlerinden biri Abhi'ye sorar, Abhi öfkelenir ama sakin ve soğukkanlı bir şekilde cevap verir: "Ailem de bunu istiyor ama bu yeterli değil, evlilik kavramına inanmıyorum, belki de hiç hazır olmadığım içindir ama dikkatimi ve kazancımı ailemin benim için seçeceği bir yabancıya vermektense sadece kendime odaklanmayı tercih ederim. *Derin bir nefes alın. Hepiniz için çay yapacağım.

Abhi mutfağa yaklaşırken içlerinden biri "Aslında zahmet etmeyin! Biz sadece kısa bir tanışma için uğradık." "Ama hiçbirinizin ismini öğrenemedim." Abhi onlara sorar. "Kapı tabelalarımızda yazıyor. Şimdi gidelim." Bir diğeri cevap verir. "Bu durumda uğradığınız için teşekkür ederim" Abhi resmi bir şekilde cevap verir ve onlardan herhangi bir yanıt alamadığı için kapıyı hemen kapatır.

1 Şubat 1995

Abhi dernek başkanına telefon eder ve "Bu bildirimin anlamı nedir? Sadece bekar bir sakin olduğum için tüm gürültünün benim dairemden geldiğini mi varsayıyorsunuz.... Hayır hayır hayır benim evimden yüksek ses çıkmasına imkan yok...... Hayır benim hiç arkadaşım yok.... Ama biliyor musunuz, şimdi birkaç arkadaşımı çağıracağım ve sıkı bir parti yapacağız, o zaman gürültünün tam olarak nereden geldiğini görebilirsiniz...... Oh gerçekten. Yan komşumuz Gupta Ji'nin hoparlörü ve teybi var. Sabahın erken saatlerinde bhajanlar ve kirtanlarla çıldırıyorlar. Kapılarında hiç bir uyarı görmedim." Telefonda biraz açıklama yaptıktan sonra Abhi telefonu kapatır ve iş arkadaşlarını içki içmeye çağırır.

16 Nisan 1998

"Son kez söylüyorum anne.... evlenmek için çok gencim. Biliyorum 31 yaşındayım...... Toplumun canı cehenneme, kimsenin umurunda değil." Abhi telefonda annesiyle konuşuyor. "Artık onunla konuşmak istememesi umurumda değil. Bu benim hayatım ve onun için her şeye ben karar vermek istiyorum...... Anne lütfen ağlama, bu seni sevmediğim anlamına gelmiyor. Sen hala hayatımdaki en önemli insansın ve başka birinin bunu değiştirmesini istemiyorum...... Lütfen anne anlamaya çalış-"

"Bunu dinlemek zorunda kaldığınız için üzgünüm." Abhi tam arkasında sessizce oturup içen iş arkadaşlarına seslenir. "Hayır, hiç sorun değil dostum. Aslında bana ailemin üzerime geldiği ama sonunda evlendiğim zamanı hatırlatıyor. Ama iyi gidiyorsun, yani bu yaşta hâlâ bekârlığa veda partilerimiz var ve hepimiz eşlerimiz olmadan parti yapabiliyoruz."

Gözle görülür şekilde sarhoş olan başka bir adam "ABD'ye taşınmalısınız, sizin gibi insanlar her zaman hoş karşılanır. Bizim kültürümüz onlar gibi değil." "Bu da ne demek şimdi?" Abhi ona sorar "Dolabından çıkmalısın. Sen bir homoseksüelsin-" "DEFOLUN GİDİN EVİMDEN sizi sarhoş domuzlar! Her biriniz!" Abhi bağırır ve herkesi dışarı atmak için sözünü keser. "Bilgin olsun, ben zaten biriyle görüşüyorum ve o bir kız." Herkes şok ve öfke içinde çıkarken Abhi kapıyı arkalarından kapatır.

23 Mart 2003

Yaşlı Abhi'nin evi biraz daha dağınık görünmektedir ve cep telefonunda Snakes oynamakla meşgul olan genç bir kızla birlikte televizyonda bir kriket maçı izlemektedir. "Bugün Hindistan'ın nesi var. Vücut dillerine baksana. Bence şike yapmışlar. Bir dünya kupası final maçında kim 359 koşu yapar... bu çılgınlık." Abhi maça tepki gösterir. Kız "Babam Shaadi.com'da benim için bir eş arıyor" der ve hala kriket izlemekle meşgul olan Abhi'nin cevap vermesini bekler. Birden televizyonun sesini kapatır ve "Özür dilerim ne? Shaadi.com mu? O da ne? Şimdi de internette evlilik saçmalığına başladılar."

"Artık beni seviyor musun?" Kız ona sorar. Abhi "Evet seviyorum." der.

"O zaman neden bu sözleri kilisede benim için söyleyemiyorsun?"

"Bugün bunu neden yapıyorsun? Evlilik konusunda ne hissettiğimi biliyorsun."

"Babam artık bu şekilde yaşayamayacağımı söylüyor. Ya seninle ya da benim için seçtiği biriyle evlenmeliymişim."

"Ve sen de bunu ondan aldın, babasının küçük kızı?"

"Neden anlamıyorsun? Bir yılı aşkın süredir seninle yaşıyorum. Ben 27 yaşındayım."

"Ve ben 36 yaşındayım, bu rakamlarla büyük bir anlaşma. Birlikte yaşamak her iki taraf için de kazançlı, görmüyor musunuz?"

"Burada kim kazanıyor? Artık senin için ailemden vazgeçemem." Eşyalarını toplamak için yatak odasına gidiyor. "Oh, benden ayrılıyor musun? Harika, bu son 5 yılda 9. oldu. Ben artık yokum. Artık sadece ben ve kariyerim var..... Tanrım, sen değil!" Abhi'nin gerçekten üzgün olup olmadığını görmek için yatak odasından çıkar. Ancak onu donmuş ve Sachin Tendulkar'ın kriket maçındaki kalesine karşı suskun bulur. Abhi bastırılmış sesiyle "Artık bitti. Bir daha asla kriket izlemeyeceğim. Hepiniz bunu benim için mahvettiniz." Kız hayal kırıklığı içinde toplanmaya devam etmek için yatak odasına geri döner.

21 Aralık 2012

Aynı yatak odası 9,5 yıl sonra çok daha yaşlı Abhi'nin sağ elinde kırmızı şarap dolu bir bardak ve sol elinde yanan bir sigara ile Queen'in Bohemian Rhapsody şarkısını dinleyerek ve şarkı söyleyerek dışarı çıktığı yerde görülür. Çok daha zayıftır ve kırışık bir yüzü vardır. Gözlük takmaktadır ve kafasında daha az saç vardır, bazıları beyazdır. Dizüstü bilgisayarında işle ilgili okunmamış yeni bir posta olduğunu fark eder ve "Kimi kandırıyorum? Bugün ofiste yeterince çalıştım. Şimdi bir 'kendim' zamanını daha hak ediyorum. Ben... Ben.... sadece ben." Aynanın karşısına geçer ve yansıması "Ve ben de" der.

Dairesinin kapısı çalınır. Kapıyı açar ve 5 yaşında bir çocuğun annesinin müziğin sesini biraz kısmasını istediğini söylediğini görür. Abhi'nin kalbi onun sevimli sesini dinlerken erir ve "Tabii ki seni küçük şey. İdeal komşularımız için her şeyi yaparım ve annene bugün dünyanın sonu gelmediği için mutlu olduğumu ve seni her zaman seveceğimi söyle." Çocuk koşarak dairesine geri dönerken Abhi dairede bir grup genç kızın hareket ettiğini fark eder, bunlardan biri tamamen sıradan bir kıyafet giymiş Tammy'dir.

26 Şubat 2015

Tammy Abhi'nin önüne gelir ve şortunu biraz daha aşağı çekerek sol popo yanağındaki dövmeyi gösterir ve "Mutlu yıllar!" der. "Bunu yapmana gerek yoktu." Abhi ona söyler. Tammy "Sakin ol! Bunu bana bir kız çizdi.

Zaten bana ayıracak vaktin yok, en azından bu dövme her seks yaptığımızda benim için ne ifade ettiğini anlamanı sağlayacak." Abhi "Öyle demek istemedim. Ben artık yaşlıyım, eski kafalı değilim."
Tammy Abhi'nin kucağına tırmanır ve onu öper. "Muhtemelen benimle ya da başka biriyle asla evlenmeyeceğini biliyorum. Aramızdaki ilişkinin ne kadar süreceğini bile bilmiyorum ama bu dövme benim için çok şey ifade ediyor. Ben tamamen seninim ve sen de tamamen benimsin. Bir şeyleri kanıtlamak için sen de dövme yaptırmalısın demiyorum ama bunun bir yere gittiğinden emin olmak istedim." Tammy'nin sözleri Abhi'yi sözsüz bırakır ve ona sıkıca sarılır.

30 Aralık 2017 (bugün)

Ding! Tammy asansörden çıkıp Abhi'nin dairesine doğru koşarken kapının ardına kadar açık olduğunu ve orta yaşlı bir çiftin oturma odasında etrafa bakındığını fark eder. O bir adım geri atamadan Abhi yatak odasından çıkar ve çifte sorar "Sakıncası yoksa, yarın toplum ofisinde anlaşma doğrulaması yapmak istiyorsanız lütfen bugün bana bildirin. Ve evet, fiyat hâlâ tartışılabilir." Çift başlarını sallar, etrafı gezdirdiği için teşekkür eder ve bir süre sonra ayrılırlar.

Abhi çifti uğurlarken Tammy'nin kapının eşiğinde onu beklediğini fark eder. Ona içeri gelmesini söyler "Ne zamandır orada dikiliyorsun? Kapıyı çalabilir miydin? İçeri gel." İkisi de kanepenin ucuna otururlar. Tammy ona "Ne oldu?" diye sorar. "Annemin yanına taşınıyorum. O ölüyor. Ve burada işim bitti." Abhi cevap verir.

Tammy derin bir nefes alır ve "Emin misin? Yani anneni kontrol etmelisin ama burada işinin bitmesini istiyorsun. Neden?" diye sorar. Abhi cevap verir "Açıkçası kimse beni burada istemiyor. Toplumdaki insanlar benden hiç aksatmadan bireysel katkılar alıyor ama hiçbir toplantıya veya etkinliğe davet etmiyorlar. İş arkadaşlarım da pek sıcak insanlar değil. Hayatımın geri kalanında hayatta kalmama yetecek kadar param var. Arkadaşım yok, ailem de pek yok ama evet... bu yeterli.

Tammy "Eğer kararını verdiysen, her zamanki gibi bunu değiştiremezsin." der. Abhi gülümser ve "Evet. Bu arada eğer o dövmeyi lazerle sildirmek istersen sponsor olmak isterim. Yani burada yaşarken adımı oraya yazdırmıştın ve ben vücuduma bir şey yazdırmak için kendimi çok yaşlı hissediyordum ve taşındıktan sonra adımı gizlemek için ejderha olarak kendi adımı yazdırdın ve bir şekilde kendimi bundan sorumlu hissediyorum."

Tammy cevap veriyor "Evet öylesin. Ama ben seviyorum. Şimdi daha da çok. Yani hayır, teşekkür ederim." Abhi "Sadece iyi seçimler yap ve hayatın diğer önemsiz duygularla harcanamayacak kadar kısa olduğu için eğlen. Tamanna çok güzel bir isim, insanların sana sadece bu isimle hitap etmesine izin vermelisin" "Tanrım... artık gerçekten yaşlı bir adamsın..." Tammy Abhi'ye tepki gösteriyor ".... Hangi seçimlerden bahsediyorsun? Bağlılık sorunları olan sensin. Bu senin ideal hayat tanımın değil mi?" "Evet ve seninle gurur

duyuyorum. Ama senin de mutlu olmanı istiyorum."
Abhi cevap verir.

"Babam gibi konuşmayı kes. Beni korkutuyorsun. Aramızda kalan her şeyi mahvetme. Bugün senin yüzünden iki kez ayrıldım ve bu, benimle ilişkini yürütemediğin için senden öç almaya çalıştığımı fark etmemi sağladı." Tammy Abhi'ye gününü anlatır. Abhi "Sorun değil, bir şekilde ben de benim yüzümden kendini cezalandırdığını düşünerek kendimi suçlu hissediyorum. Ama ben gittikten sonra hiçbir şeyi değiştirme. Sen olduğun gibi harikasın. Sadece bana duygusal olarak çok bağlandın. Bunu bir daha kimseye yapmamaya çalış ve kimsenin seni yargılamasına izin verme."

Veda

Ertesi gün Prachi sabah erkenden Uday'dan gelen birkaç mesajla uyanır. Bunlardan biri bir ses dosyasıdır. Ali de Uday'ın mesajlarıyla uyanır ancak görmezden gelir ve uyumaya devam eder. Prachi mesajları okur:

Bunu bugünkü teneffüsümde buldum.

REC29122017.mp3

Dinledikten sonra buraya gel.

Prachi mesajları tıklar ve dinler. Şişirilmiş bir sesle başlar ve ardından Abhi'nin sesi gelir:

"Sanırım şu an açık..... telefonunu iznin olmadan ödünç aldığım için özür dilerim. *Bunu telefonunda daha erken mi yoksa daha sonra mı bulacağını bilmiyorum. Ama bilmeni isterim ki birkaç gün önce istifa ettim ve artık fiilen emekliyim. Jaipur'a geri taşınıyorum. Dairem yarından itibaren satışa çıkıyor ve bu yıla kadar her şeyin halledilmesini istiyorum.

Hayatımı çok uzun zamandır sadece kendim için ve kendi şartlarımla yaşadım. Sanırım her şeyin bir sınırı var, mükemmelliğin bile. Gençlik ısrarı olarak başlayan şey şimdi yaşlı ruhumda bir yara iziyle sona eriyor. Her şey çocukken annemle babamın hiçbir zaman gerçekten bir ekip olarak çalışmadığını gözlemlediğimde başladı. Tüm o eski gelenekler annemi mutfakta kalmaya, babamı da dünyanın tüm stresini omuzlarına almaya zorluyordu. Bana gelince, tüm hikayeyi baştan tekrarlamamı istiyor. Ben tek çocuktum. Muhtemelen hiçbir yere uyum sağlayamamamın bir nedeni de bu. İnsanların çekingenlik dediği şey aslında kendini rahat hissetmektir. Yalnız gülümserim, yalnız ağlarım ve bazen kendi kendime de konuşurum. Annem hep mutlu olmamı, babam da başkalarıyla kaynaşmamı isterdi. İkisini de tatmin edemedim. Büyüdükçe çok kavga ettiklerini gördüm. Herkes karı koca ilişkisine şaka gibi bakıyor.

Madem bu kadar farklılar ve iticiler, o zaman neden hayatlarının geri kalanında birlikte yaşamalarını istiyoruz? Ve şu EVLİLİK - BİRLİK - DÜĞÜN - DAVET - GELİN kelimeleri... kız arkadaşım her bahsettiğinde beni sinirlendiriyordu. Evliliğime karşı tutumuma 5 yıl boyunca 'katlandı'. Onların seçtiği erkekle evlenmek için neredeyse akran baskısına karşı geldi. Biz hala görüşürken, bir iş arkadaşı ona evlenme teklif etti.

Birinin onunla evlenmek istemesi beni terk etmesi için yeterli bir sebepti. Bugüne kadar evliliği kalp kırıklıkları, kötü gelenekler ve muazzam para israfı dışında düşünemedim."

BIP SESI

"Pilin biraz azaldı. O zaman kısa keseyim. Ali ve Prachi'ye birbirleri için mükemmel olduklarını ve ailemin aksine iyi bir takım olacaklarını söyle ama eğer benim asla yapmadığım büyük adımı atarlarsa.... sadece hazır olduğunda bunu yap. Zihinsel ve finansal olarak. Ha ha... bakın kim evlilikten bahsediyor değil mi? Ailenizin ya da dininizin sizin adınıza karar vermesine izin vermeyin. Kararları siz vermelisiniz, çünkü düğümü atan siz olacaksınız. İyi şanslar... Burada bırakacağım..... Nasıl kapanıyor...? Bu popo- "

Prachi mesajın tamamını dinledikten sonra bunalmış ve tamamen uyanmış hisseder ve hemen Ali'yi arar. Bu sırada Uday yakındaki bir hediyelik eşya dükkanına gider ve etrafa göz atar. Abhi paketleyici ve nakliyecileri telefonla arar ve teslim alma zamanını konuşur. Abhi dolabını temizler ve onları düzgünce bavuluna yerleştirir. Tammy, Abhi'den kalan tüm fotoğrafları ve mesajları telefonundan ve dizüstü bilgisayarından siler.

Birkaç saat sonra paketleyiciler ve nakliyeciler gelir ve Abhi'nin eşyalarını paketlemeye başlarlar. Ali, Uday ve Prachi 2 saat sonra Abhi'nin dairesine gelirler ve neredeyse boş olan eve bakarlar, birkaç bavul ve el çantası yola çıkmaya hazırdır. Abhi onlara beklemelerini söyler "Yerleşecek bir yer yok. Hepinizi bir kafeye götüreyim, böylece bir yere otururken konuşabiliriz. Ayakta daha fazla konuşamam." "Ah! Bir veda konuşması. Gidelim o zaman," diye cevap verir Ali.

Hep birlikte Abhi'nin arabasına binerler ve en yakın Starbucks'a doğru giderler. Yolda Prachi ona "Alıcı buldun mu?" diye sorar. "Evet. Satıldı. Bir saat içinde gidecektim. Demek Uday'ın telefonundaki sarhoş kaydını buldun." Abhi cevap verir. "Sen buna tesadüf ya da kötü şans de, bize söylemeden gizlice kaçmaya çalıştığın için sana kızgınım." Uday Abhi'ye söyler. Prachi "Alo... kayıt." der. Uday "Evet ama sadece sarhoş olduğu için ve kalbinin bir yerinde bunu büyük bir mesele haline getirmek istemediği için." diye cevap verir.

Starbucks'a varırlar. Kahvelerini sipariş ederler ve bir masaya otururlar. Abhi Uday'a "Tamam.... genç halimi sende gördüğümü söyleyerek buzları kırmama izin ver. Bilirsin mecazi olarak." Ali ve Prachi kıkırdarlar. "Yan dairede yaşayan genç bir kız var ve senin için mükemmel olurdu. Ona ne zaman baksam bana eski sevgililerimden birini hatırlatıyor ve sonra hemen kapıyı kapatıyor." Abhi devam eder. Uday ona bir hediye uzatır ve "Bu hepimizden. Aldığımız her kararın daha sonra sonuçları olacağını ve bu yüzden hepimizin mantıklı seçimler yapması gerektiğini anlamamızı sağladığın için teşekkür ederim. Söyleyeceklerim bu kadar."

Starbucks görevlisi "Abhi için 2 Latte ve 2 Sıcak çikolata" diye anons eder. Prachi "Ben alırım" der ve onları toplar. Ali "Geçen gece sen, Tammy ve ben Prachi'yi hak etmediğimi düşündüğünüzde biraz aşırıya kaçtığım için özür dilerim. Artık darılmaca gücenmece yok. Prachi senin kaydını dinledikten sonra beni aradı ve şimdi aramız iyi." Prachi içecekleri alır.

"Alkolsüz bir kadeh kaldırma. Bu benim için yeni bir şey" diyor Abhi Uday'ın hediyesini açarken "Sanırım yeni şeyler deneyimlemenin bir yaş sınırı yok. Elbette modern teknoloji ve siz çocukların bununla başa çıkma şekli beni hala büyülüyor, TV artık bir lüks değil, Google olmadan hayatta kalamazsınız ve tüm bu ilerleme ve seviye- Oh bu da ne? Bir adada tek başına oturan bir denizci çocuk mu?"

"Sizin için bir metafor ..... Senin seçiminle yıkanmış, yalnız bir adada mahsur kalmış, ama memnun ve..." Abhi Prachi'nin sözünü keser "Ana gemisinden uzakta ve etrafındakilerin tadını çıkarıyor. Anlaştık. Aile seni asla terk etmez. Babam ölmeden önce son 20 yıldır benimle konuşmadı ama hayatında kazandığı her şeyi bana bıraktı ve annem... Size şunu söyleyeyim, insanlar kariyerinizden başka kimsenin yanınızda durmayacağını söylediğinde, aslında yanınızdan hiç ayrılmayan annenizdir. Seni seviyorum anne ve hep seveceğim. Herkes Abhi'yi kucaklıyor. "Oh, yeni bir şey daha". Abhi tepki verir ve onlara sarılır.

***

www.ingramcontent.com/pod-product-compliance
Lightning Source LLC
LaVergne TN
LVHW041600070526
838199LV00046B/2076